엘리트 시선 44

날줄과 씨줄 엮으며

권병휘 · 조혜자 시집

엘리트출판사

권병휘 · 조혜자 시집

날줄과 씨줄 엮으며

엘리트출판사

부부 시집을 내며

산수(傘壽)를 넘어선 우리 부부는 아침에 눈을 뜨면 함께 두 손 모아 아침기도로 하루를 열면서 여명의 하늘을 바라보고 심호흡을 하노라면 마음은 평온해지고 생동감이 가슴에 차오릅니다.

우리는 어린 시절부터 동경해온 시를 쓰고 싶은 그리움이 마음 안에 맴돌았는데, 장현경 회장님과 마영임 편집장님께서 열정적으로 저희 잠자는 시성을 깨워주시며 손을 잡아 주신 힘으로 시차는 좀 있었지만 청계문학에 부부 시인으로 등단하게 된 것도, 금혼식(金婚式)을 넘은 부부가 함께 첫 시집을 낼 수 있게 된 것도 기적이라 생각됩니다. 이 모두는 오늘을 있게 해 주신 문우들의 도움과 하느님의 은총과 축복 덕분입니다. 깊이 감사드립니다.

그동안 부부로 살아오면서 겪은 희로애락을 돌아보면 슬픔과 기쁨, 좌절과 희망, 고난과 성숙, 사랑과 애환도 많았고, 아옹다옹 알콩달콩 부부싸움도 잦았지만, 삼 남매를 낳아 키우는 기쁨을 맛보며 행복한 삶을 살 수 있었습니다. 그동안 굴곡도 많았지

만, 고통의 늪을 잘 건너온 아픈 세월을 통해 행복의 기쁨을 알게 된 것은 그동안 고통의 수련기를 잘 이겨냈기 때문으로 오늘을 잉태케 하는 숙명이었나 봅니다. 고통이 없었으면 행복도 문학도 몰랐을 테니까요. 싸우면서 성장해온 우리 부부는 함께 해온 세월만큼 사랑 깊은 수호천사였습니다.

저희 부부의 지난 53년과 앞으로의 삶이 날줄 씨줄로 엮여서 새롭게 탄생하여 그런대로 울림을 주는 아름다운 비단 옷감이 될 수 있기를 소망합니다.

미흡하고 부족한 시(詩)이지만 이런 부부 시인도 있구나! 하고 어여삐 보아주시고 격려해 주시면 힘이 되고 그보다 더 큰 영광이 없겠습니다. 고맙고 감사합니다.

야래향(夜來香) 조혜자

심곡(深谷) 권병휘 부부 드림

심곡(深谷)에 핀 야래향꽃

장현경 〈시인, 문학평론가〉

나이가 들어가도
노송처럼 정정하게
글로써
산수(傘壽) 고개를 넘었으니
축하합니다

이어
미수(米壽) 고개를
힘겹게 지나고

졸수(卒壽) 고개를
한 발짝씩 내디뎌

백수(白壽)에 다다라
쉬었다가
재충전하여

학수(鶴壽)와 더불어
천수(天壽)를 누리소서!

시집 출간을 축하드립니다

오랜 세월 모진 폭풍우 속에도 사시사철 피어나는 꽃들처럼 그동안 저희 아버지 어머니의 행복과 역경이 묻어난 숨결의 수필들과 소설로 저희에게 많은 공감과 즐거움을 주셨습니다.

이제 비로소 이 호흡들을 응축시키고 더욱더 단단해진 간결한 어휘들이 시들지 않는 꽃들로 아름다운 시가 되어 세상에 토해내시다니, 저희에게 기쁘고 두근거리는 마음이 서둘러 앞서갑니다.

80이 넘으셨는데도 시집을 내시는 그 열정과 노력이 저희에게 귀감이 되어 자랑스럽습니다.

한 생애 희로애락을 함께 겪으며, 힘들고 어려운 시기를 잘 이겨내신 어머니 아버지! 저희 삼 남매를 가정의 화목과 평화를 기원하며 사랑과 정성으로 키워주신 은혜에 감사드립니다. 일하면 젊어지신다는 데 오래도록 그 열정이 계속 타올라 천수(天壽)까지 건강하셔요.

온 세상이 코로나19로 험난한 이 시기에 아버지와 어머니께서 함께 모아서 엮어 쓰신 아름다운 이 시들로 마음을 정화하며 저희 모두에게 한층 다가설 수 있게 해 주심을 진심으로 축하드립니다.

앞으로도 늘 건강하시고 언제나 좋은 글 많이 쓰시고, 저희도 행복한 가정 이루어 어머니 아버지 기쁘게 해 드리겠습니다.

아빠, 엄마! 사랑하고 존경합니다.

큰딸 수라. 아들 혁현, 막내딸 수진 드림

날줄과 씨줄 엮으며

날줄은
당신과 세상

씨줄은
나

베틀에 올라

날줄과 씨줄
엮으며

두 손 모아
영혼의 바구니에
담는다.

1 마음의 고향 <조혜자>

자연이 주는 숨결 <조혜자>

3 고희를 맞는 당신 <조혜자>

오늘의 기도 <권병휘>

5 거울 앞에서 <권병휘>

6 눈 십자가 길 오르며 <권병휘>

마음의 고향

조혜자⟨Regina⟩

조혜자 · 시 모음

봄비

밤새 소리 없이 내린 봄비가
온 대지를 촉촉이 적시며
새싹들 흔들어 깨운다

모두 기뻐서 함초롬히 웃음 짓고
나무의 연녹색 새싹들도 생기 찾아
봄 향기 피워내네

겨우내 웅크렸던 땅속 생명
마음껏 기지개 켜며
긴 목을 내밀고 올라와
세상 구경하네.

능소화

6월 하늘 향해 불 밝히고
노을처럼 타오르는 정열을 담아
한 송이 어여쁜 꽃으로 피어난 그대

진홍색 화려한 옷치장하고
따가운 햇볕 아래서
목을 길게 늘이고 담벼락 넘어보며
이제나저제나 오시려나
애타게 기다리던 임

뜨거운 여름 햇살에 눈이 부셔
차마 말로 다 하지 못한 채
기다리고 기다리다
지쳐 쓰러진 그대의 슬프고 가엾은 넋이여!

그대의 찬란한 아름다움도
애절한 슬픔도
한갓 헛된 꿈으로
아침 이슬처럼 사라지니
모두가 허무로다.

나비가 되기 위하여

눈부신 아침 햇살을 맞으며
소중한 꿈을 키우는
작은 애벌레
편안히 먹고 자고
쑥쑥 나날이 자라며
꿈을 키운다

허물을 벗는 아픔으로 삶을 배우며
세상을 보는 눈도 키우고
세상사는 방법도 익힌다
미움과 연민으로 얼룩진
삶의 슬픈 고뇌를 삭히며
커 가지만

모진 바람과 가난과 굶주림의 진통으로
좌절과 절망에 떨며
외로움에 온몸을
동아리 튼다

아픔의 올을 하나씩 뽑아
자신의 고통보다도 더 큰 깊은 슬픔을 안고
하얀 누에고치를 엮으며
인고(忍苦)의 세월을 만든다

그것은
나비가 되겠다는
하나의 염원이며 기다림이다
오늘도 내일도
꾸준히 고뇌를 새기며
꿈과 밝은 미래를 엮는 올을 짠다.

기다림

애가 타고 목이 마른다.
이제나저제나
기다려온 세월 앞에
숨을 죽인다.

숨 막히는 고뇌의
오랜 시간
그것은
긴 목마름이다

차마 말하지 못하고
견디어온 오랜 침묵의 언어
영혼의 아픔

언제나 기다려온
나의 사랑, 임의 그리움에
눈물 흘리며 먼데 하늘을 본다

끝없는 나의 소망
그대와 사랑을 나누고 싶은 간절함

손에 만져질 듯한
아련한 꿈과 아기자기한 옛이야기가
펼쳐질 듯한 고향처럼
언젠가는 이뤄질 재회의 꿈을
아직도 꾸고 있네

좌절과 실망으로 목이 타도
아직 끝나지 않은 기다림
언젠가는 이루어질 것 같은
아련한 꿈
나의 희망

기다림은 언제까지나 이어지니
오늘도 그날을 위해 살아간다.

그림자

나는 당신의 그림자
당신의 행동을 쫓아
색채도 생각도 없이 당신을 벗어나지 못한 채
당신의 모습 행동으로
움직이는 허수아비인
나의 존재는 누구인가?

빛을 잃으면 나의 존재도 사라지고 마는
슬픈 운명의 나는
한 생애를 그렇게 살았어요

숨어서 당신의 감시병으로
앉으나 서나 당신의 행동대로 사는 꼭두각시
그렇게 살아온 슬픈 내 존재가 싫어서
이제는 당신에게서 벗어나
멋진 나만의 꿈을 꾸고 싶다

당신의 형체 따라 움직이는 나는
당당한 내 의지로 내 인생을 살고 싶어
아무리 발버둥 쳐도
그것은 모두가 허망한 꿈인 것을

당신 없이 살 수 없는
내 가련한 존재인 나는
당신의 그림자랍니다.

오늘

어제의 내일인 오늘
새날을 맞는 기대와 설렘으로
어제보다 더 나은 오늘을 만들기 위해
최선을 다해야지

내게 주어진 귀중한 시간의 선물인
오늘 하루를 어떻게 보낼까?

가장 보람되고
가장 행복하고
가장 가치 있고
가장 의미 있는
최고의 날인 오늘을 위해

베풀고
나누고
사랑하며
멋지게
쌓아 올린 하루하루가
값진 나의 인생을 만들어 줄 것이다.

그리움

지나간 모든 것이 그리워진다.
동생들과 물장구치던 시냇가에서
조개랑 우렁이 줍고
까만 고무신 벗어서 어린 물고기 잡던 그 시절

밀 이삭 뽑아 불에 꼬슬려 손으로 비벼서 먹던 맛
친구들과 뒷동산에 올라 진달래 따 먹고 나물 캐던 어린 시절
논둑길 따라 벼 이삭 헤집고 메뚜기 잡던 일
모깃불 피워 놓고 툇마루에서 온 가족이 모여 수박 먹던 그 맛
모두가 그립다

뒤돌아보면 볼수록 잊히지 않은 그리운 추억들
빛바랜 사진처럼 희미해지지만
때때로 그립고 보고 싶은 얼굴이 가슴에 안긴다
다시는 볼 수 없는 그리운 얼굴들
꿈에서라도 만나고 싶은 사랑스러운 목소리.

새 생명

한 생명의 잉태 그 순간부터
흥분과 기쁨으로 온몸을 떨었네
내 안에 작은 생명이 자라는 이 기쁨은
세상을 다 얻은 듯 황홀하다

새 생명의 잉태는
주님이 주신 귀한 선물
먹고 마시는 하나하나가
태를 통해 한 생명이 자라는 이 신비
그것은 놀라움과 환희라네

내 안에 자라는 귀한 작은 생명체
온몸으로 감싸 안은 내 육체가
거룩한 성전이 되니

사랑의 열매 귀한 나의 보배
나의 아가야!
먹고 숨 쉬고 편안히 잠든 너
모두를 아낌없이 주는 엄마는
너의 우주요 요람
너의 안식처
너의 피난처이니
착하고 예쁘게 편안히 무럭무럭 자라라
너의 건강이 내 기쁨 되고
보람이고 활력이란다.

하얀 찔레꽃

5월 해맑은 어느 날
호젓한 오솔길을 지나다
나의 발길을 멈추게 하는
너는 누구인가?

길옆에 다소곳이 피어난
하얀 찔레꽃이 나를 향해 웃고 있다
짙은 향기로 날 붙잡은 건 너였니?
청초하고 소박한 하얀 찔레꽃이
짙은 향기로 나를 유혹하니
살며시 다가가 너에게 입맞춤한다

가슴 깊숙이 스미는 그윽한 향기에 취해
갈 길을 잃고 그대에게 속삭이며
5월의 푸른 하늘 우러러본다
해맑게 웃음 짓는 청초하고 소박한
네 모습에 취하여
가슴이 울렁대니
오늘 하루도 너로 인해
행복하다.

바람

천의 얼굴을 가진 너

때로는 엄마처럼 온화하고 다정하게
나긋나긋 다가서서 속삭이다
또 어느 날은 날카로운 비수처럼
칼바람으로 휘몰아치다

따가운 햇볕으로 무더위에 시달리는
나의 땀을 식혀주는 고마운 너이다가
술 취한 아버지처럼 이리저리
미친 듯이 날뛰는 너이다가

갑자기 화가 난 성난 표범처럼 무섭게 달려들어
들과 산을 할퀴고 지나가는 악마의 얼굴이 되니

바람아!
성내지 말고 온화한 얼굴로
나긋나긋 산뜻한 정겨움으로
착하고 고마운 다정한 나의 친구로
다소곳이 속삭이며 정답게 다가오너라.

생명의 소리

봄이 오는 소리
땅속의 생명이 움트는 소리
온갖 새와 짐승들의 울음소리
우주 만물이 다 생명의 소리를 내며
저마다 제 할 일을 찾아 열심히 살아 움직이는 소리

생명은 살아있음이요
숨 쉬고 먹고 크고 자라는 기쁨의 소리
그것은 생명의 소리이다

삶을 위해 숨 쉬고 자고 먹는
본능적인 온갖 것
먹이를 위해 움직이고
살기 위해 온갖 방법을 동원하는 생명의 소리
나름의 삶의 방법은 다양하다

무럭무럭 자라 꽃이 피고 열매 맺고
씨를 퍼뜨려 후손을 남기는 방식을 터득하며
생명을 이어가는 우주안의 생물들이 내는 기쁨의 소리
그것은 창조주의 신비로다.

6월의 숲

온갖 꽃들이
다투어 피어나는 6월

아카시아 향기가 온천지를 간지럽히고
뜨거운 햇살이 장미를 붉게 물들이며
앞산에 뻐꾸기가 임을 찾아 울어대고
오솔길에 피어난 순백의 찔레꽃 향기는
지나는 길손의 마음을 어지럽히네

유월의 숲은
눈부신 신록이 부르는
희망의 목소리
꽃 찾아 분주히 드나드는 나비들
아름답게 피어나는 꽃들
온갖 새들의 지저귐
뻐꾸기 우는 소리
여기저기서 날 부르는 소리
아름다운 꽃들과 신록과 새들의 지저귐에
온 마음을 빼앗기고
어디로 갈지 어디를 볼지 몰라 허둥대며
온 마음을 빼앗긴다.

자연이 주는 숨결

조혜자〈Regina〉

조혜자 · 시 모음

5월의 바다

한없이 쓸쓸한 5월의 바다
철썩철썩
바다가 우리를 부르네
어서 오라고
끊임없이 목이 쉬라 부르고 있네

어서 와서 내 넓은 품에 안기라고
사방에서 모여드는 물줄기를 이루듯이
모두를 다 받아 주는 너의 넉넉함은
하느님의 마음처럼 넓구나

너무 넓고 푸르러서
슬피 우는 갈매기 따라
파도의 외침도 슬피 운다

태양아, 더 뜨겁게 내리쬐어라
여름아, 더위야 어서 오너라
아이들도 남녀노소 모두 모이는
한여름이 그리워

5월의 바다가 우리를 부른다
철썩철썩 물장구치는 아이들의 웃음소리
벌거숭이 남녀들의 기쁜 부르짖음이 있는
한여름 바다가 그리운
5월의 바다는
우리에게 들려주고 싶은
수많은 언어를 준비하며
우리를 기다리는 5월의 바다는
한산하고 쓸쓸하다.

하조대의 등대와 소나무

하조대의 푸른 물에
반짝이는 은비늘의 물결 위로 드리운 저녁노을이
불타고 있다

길게 드리운 소나무 숲길 따라 오르는
하조대의 등대가 보이는 싱그러운 숲길 따라
올라서서 망망대해를 하염없이 내려다보며
외롭게 서 있는 등대 아래에
기기묘묘한 바위 꼭대기에 홀로 선 소나무 한그루
비바람과 싸우며 바위틈에서 자라 큰 나무 되어
하조대의 푸른 물을 굽어보며
푸른 하늘 향해 팔 벌리고 기도하는 소나무

온종일
짭조름히 풍겨오는 바다 내음을 먹으며
저 멀리 올려다보는 하조대
등대와 벗이 되어
긴긴 대화를 나누는 너희는
참으로 영원한 친구로다.

구름

파란 하늘에 한가로이 떠도는
뭉게구름인가 했더니 어느새 조개구름 되고
다시 새털구름 되니
참으로 변화무쌍하게 시시각각 변하며
하늘을 수놓고 있는 너는 예술가인가?

갑자기 시커먼 먹구름 몰고 와
하늘을 덮고 성난 모습 되어
천둥과 번개 치며 무섭게 변하더니
소나기 쏟아내는 너이다가

다시 온화한 모습으로
저녁 하늘을
다홍색 아름다움으로 곱게 물들여
나의 넋을 빼앗는 너는
마법사인가 요술쟁이인가

온 세상 여기저기 두루두루 여행하며
갖가지 모두를 구경하는 너는
보고, 듣고, 배운 것이 많아
만물박사가 되었겠네.

6월

꽃 중의 꽃이라 뽐내는
장미의 계절 6월은
장밋빛 사랑을 물들이고
아름다운 삶을 키워간다

상큼한 바람이 밤꽃의 향기를 몰고 오니
꿀벌들은 분주하고 과일은 익어가고
알알이 익은 매실을 따는 아낙네
행복한 웃음을 주네.

화려한 능소화가
담장을 아름답게 치장하며
들판에는 감자꽃이 하얗게 웃고 있네

6월은 기쁨과 희망에 찬 계절
임 찾아 울어대는 뻐꾸기
따가운 햇볕이 서서히 다가서도
장미꽃이 시들어 사라져도
여전히 아름다운 삶을 노래하는 6월
싱그러운 녹음이 짙어가며
들판에는 보리가 바람에 나부낀다.

뻐꾸기

5월 하늘 향해
울려오는 뻐꾸기의 울음소리
봄날의 기쁨을 알리네

사랑을 부르는 애절함인가
먹이를 구하는 신호인가
엄마가 자식을 찾아 부르는 소리인가?

때로는 슬프게
또는 간절하게 처량하게 구슬피 우는 소리
뻐꾹뻐꾹 소리가
온 산이 메아리 되어 울리네

푸른 하늘을 향하여 날아가는
뻐꾸기의 멋진 비상
나도 뻐꾸기처럼 멋지게 날고 싶어라.

무심천 벚꽃 길

4월이 오면 흐드러지게 핀 벚꽃길이 그리워
찾고 싶은 그곳 무심천변
벚꽃이 피는 4월이면 중학 시절
전교생이 무심천 벚꽃 길로 소풍 왔던
옛 추억이 서린 곳
벚꽃 터널을 걷노라면
어린 시절 조잘대며 즐거운 시절로 돌아간다.

예나 다름없이 벚꽃이 만발하면 찾고 싶은 곳
아버지와 함께 벚꽃 그늘에서 찍은
추억의 사진 속의 우리
우리 부부와 동생이 함께 찍은 사진 속에서
행복하게 웃으시던 아버지 모습
추억은 그리움을 담아
언제까지나 사랑으로 남아 있네.

아지랑이

겨우내 언 매화 나뭇가지를
훈훈한 봄바람이 일깨운다
"봄이야 봄"
놀라서 기지개 켜며 일어난 매화나무
먼 산을 바라보며
"아지랑이야 정말 봄이네!"
허둥지둥 봄 차비에 부산한
개나리 민들레 매화 목련들이
서로 다투어 꽃망울을 터트리느라 분주하다

아지랑이가 살포시 웃으며 다가선다
예쁜 꽃들이 아지랑이와 숨바꼭질하네
살짝 내민 고개를 옆으로 꼬며 부끄럽단다

아지랑이 아른대는 산언덕에
피어나는 노란 개나리를 보며
앞다투어 피어나는 산 목련
아름다운 자연의 신비여
찬란한 아침햇살처럼 눈이 부신다.

재스민꽃 향기

봄이 오면
많은 꽃망울을 준비한 재스민꽃
드디어 꽃망울을 터트린 날
짙은 보랏빛 꽃과 함께
진하게 풍기는 재스민 향기

온 집안 가득히 풍겨오는 짙은 향내로
내 가슴은 재스민 향으로 울렁이고
행복의 나래를 편다

보랏빛 꽃향기를 다 날리어
흰빛으로 변하는 재스민꽃
온몸을 다 받쳐 향내를 뿜어내고
스스로 늙음을 감지하고
하얗게 늙어가는 빛바랜 모습
솔직한 네 자세에 숙연해진다
모든 건 영원하지 않아
아쉬움 속에서 너를 보낸다.

브라이스 캐니언

수억만 년 동안 빚은
신의 조각품인 너를 만나려
태평양을 건너 미국 서부를 달리고
모하비 사막을 넘어 예까지 왔다

너를 만나는 순간 할 말을 잃었구나
아기자기한 아름다운 자태로 햇살에 비친
희고 붉고 연분홍 갈색에 크림색
다양한 색상으로 내 앞에 우뚝 선
수만 개의 석상이
모두가 제각각의 다양한 자태를 뽐내며
휘황찬란한 불빛 아래서
제 자랑에 여념이 없는 너희
대연회장에서 즐거운 파티에 참여하니
모두가 대향연의 축제를 즐기는구나

수만 년의 세월을 딛고 만든
하느님 작품 브라이스 캐니언이여!
깊은 골짜기를 휘감아 도는
깊은 계곡의 수정처럼 맑은 물
천혜의 아름다움을 여기서 찾았다.

전나무 숲길

월정사 입구에서 시작된
전나무 숲길의 긴 터널을 지나노라면
향긋하고 상큼한 숲의 향기에
마음을 빼앗기고

크고 깊게 심호흡을 하며 하늘 향해 뻗은
키 크고 굵고 싱싱하고
건장한 젊음을 자랑하는 전나무들
수명을 다하고 누워버린
속없는 고목의 참상도 예술이네

가을의 상큼한 바람을 만나고
이 숲길은
새들의 지저귐과 계곡의 경쾌한 물소리
깨끗하고 신선한 공기를 마음껏 마시노라면
온몸이 행복감에 젖는다

이 모두가 자연이 주는 선물이다.

첫눈의 추억

"우리 첫눈 오는 날 만나자."
가슴 설레며 기다린 첫눈
함박눈이 펑펑 쏟아지던 그날
까만 빵모자를 쓰고 나타난 당신
오버 깃을 세우고 머플러를 머리에 둘러
나와 찍은 빛바랜 낡은 흑백 사진 한 장
오랜 세월 행복의 추억이 되었네

첫눈 오던 어느 날
혜성처럼 나타나
옛 기억을 되살려주던 당신
진한 고통도 가슴 아픈 슬픔도
나를 다독이던 빛바랜 추억의 사진은
힘들고 어려운 고비를 넘으며
봄눈처럼 나의 마음을 따뜻하게 녹여주었네

어떤 시련도 고뇌도 다독이며
미움도 슬픔도 첫눈 오던 날
추억을 기억하라네.

우리 집의 진열장

진열장 안은 만물상
각 나라 물건들이 한 곳에 모였다
여행 때마다 가져온 인형들이
다채롭다

제각각의 역사와 전통을 가진 그들은
색다른 모습과 표정을 갖고
서로 뽐내며 우쭐댄다

각종의 인형들은
제 나라 전통과 문화를
제 나라의 관습과 풍습을
멋스러운 전통 옷과 아름다운 모양을
자기 나라 자랑에 열을 올린다

고향 생각 친구와 가족이 보고 싶고 그리워서
끝내는 향수에 눈물지으며
먼 고향 하늘가에 눈을 준다.

친구에게

내게 기쁨과 위안이 되는 친구야
내가 외로울 때 외로움을 달래주고
메마른 내 가슴을 촉촉이 적셔주는 그리운 친구야

좋은 일 자랑하며
슬프고 속상한 일 터놓고
힘든 일 하소연하고
함께 울고 웃으며
위로받고 사랑받는 좋은 나의 친구야
내 인생을 풍요롭고 행복하게 해주는
한 그루의 나무 되어
굳건히 나를 지켜주니

그립고 보고 싶고 자랑스러운 친구로
언제까지나 우리 곁에 남아
인생 살아가는 힘과 용기 되어
서로 외롭지 않게 지켜주자.

소중한 인생길

돌이 된 아기가 첫발 떼듯이 신혼의 낯선 길은
겁먹고 조심스러운 인생길이었네

둘이 손잡고 걷다 넘어지기를 반복하며
걸어온 길이
이제는 익숙한 인생길이 되었다

온 가족 손 잡고 걸어온 인생길
고생하며 넘어지고 힘들다고 투정하며
가족과 손잡고 용기와 희망으로 찾은 길
뒤돌아보니 그것은 아름다운 추억이고 행복이었네

우리 가족이 함께 걸어온 인생길은
슬픔도 기쁨도 아픔도
모두가 행복이고 웃음이고 사랑이었네.

고희를 맞는 당신

조혜자〈Regina〉

코스모스

아침 이슬 머금고 다양한 색깔로
피어난 아리따운 가을의 여인
깊은 상념에 젖어 청초한 모습으로
피어난 그대는
가을이 주는 선물이로다

맑은 하늘 향해
한들거리며 속삭이는 그대
한층 멋을 부리는 네 아리따움에
넋을 잃고 마는구나

소슬바람에 나부끼며
화려하게 벌리는 춤사위에 취해서
길가의 손들도 발길을 멈춘다

가을바람에 하늘대며
나를 유혹하는 너의 아름다움에
온통 마음을 빼앗긴다.

세월

물 흐르듯이
흘러가는 무정한 세월 앞에
속절없이 늙어가는 나

꿈도 희망도
흐릿하게 사라지지만
세월이 일러주는 교훈 앞에
고개 숙이네

세월은 묵묵히
가르침을 주고 있네

아무리 열심히 살아도
인생은 흘러가고
흘러간 인생을 되돌릴 수 없고
내게 주어진 삶은
끝나고 만다는 것을!

고희를 맞는 당신

세월의 흐름을 누가 막겠어요
당신의 모습은 아직도 내겐
첫 우리의 만남 그때의 발랄한 모습인데
40년을 훌쩍 넘겼네요

옹기종기 모여 놀던
우리 삼 남매 어린 모습들이 어제인 양
눈앞에 삼삼한데
어느새 아이들의 부모가 되고
우리는 할아버지 할머니가 된 현실이
꿈만 같아요

고희를 맞는 당신을 진심으로 축하하며
무병으로 고희를 맞은 것에 감사합니다

한 치 앞도 볼 수 없는 인생인데
내일이 어찌 될지 알 수 없으니 오늘을 잘 살기 위해
그냥 넘기면 후회할지도 모르기에
바쁘신 분들을 모신 것은 죄송하지만
부득이 오늘 한자리에 모여 축하를 받고 싶었습니다

아웅다웅 울고불고 싸우며 살아온 한 생애가
이렇게 짧은 인생임을 이제는 알았어요
진작 더 즐겁게 살지 못하고 지낸 것이 못내 아쉽지만
그런대로 행복합니다

새털처럼 많은 날이라고 여긴 세월은 어느새 다 가버리고
이제 얼마나 남은 날들이 있을지 알 수 없어
더 초조하고 불안하고 죽음에 대한 공포가 서서히 다가오겠지요
하지만 두려워하지 않으렵니다

모두를 주님께 맡기고 남은 생애는 좀 더 알차게 살기 위해
기쁘고 즐겁게 살기 위해 우리 다 같이 노력하려고요.

이별

지나간 추억들을 반추하며
어쩔 수 없는 운명 앞에 만남이 있으면
이별이 오리란 것을 진작 알았지요
세월이 흘러 언젠가는 이런 날이
오는 게 두려웠어요
이별이란 가슴이 무너져 내리는 슬픔으로
가슴앓이를 하는 아픔이군요

삶의 긴 여운이 남겨준 그대와의 이별은
산등성이를 돌아 보이지 않을 때까지
지켜보던 안타까운 눈물을 머금은 슬픔의 긴 여운

밤하늘의 별을 세듯이
수없이 만나고 헤어졌던 날들이
이제 많은 아쉬움을 남기고
아무런 기약 없는 이별이라니

운명의 신은 아마도
언젠가 재회의 기쁨을 안겨 줄지도 모르지만
이별의 여운은 오래 남을 거예요
정녕 세월은 모든 걸 이겨내겠지만!

어머니 얼굴

세월이 흐를수록
잊혀가는 어머니 얼굴
아무리 세월이 가도
잊을 수 없는 어머니의 사랑
가슴속에 간직한 그리움이여!

나이를 먹고 늙어갈수록
어머니를 닮아 가는 내 모습
어쩔 수 없는 어머니의 딸이로구나.

아버지

이른 아침
아침 운동하자고
우리를 깨우던 아버지
눈 비비고 억지로 일어나
아버지 따라 뒷동산에 올라선다
아버지 구령에 맞춰 체조하고 운동하던
어린 그 시절이 그립구나

아버지 앞에 우리 남매 꿇어앉아
훈계를 들으며 지겨워했던 시간
그 어린 시절도 그립구나

근엄하신 아버지의 당당한 모습에
보잘것없이 작아 보이던
지난날의 내 모습

자랑스럽고 우러러 보이는 아버지 모습이
어머니 가신 후엔
쓸쓸하신 아버지의 존재가
외로워 점점 작아지시니

가엾어서 눈물짓는다

고독한 삶을 살다가
홀연히 아버지가 떠나시던 날
슬픔으로 외쳐 불러본 아버지!
세상 모두를 잃은 듯 슬픔에 젖었건만
세월은 모두를 이겨내고 잊혀가네요

천국에서 어머니는 만나셨는지
꿈속에서 만난 아버지 모습은
당당하고 평온하신 모습 그대로네요.

포석 조명희 혼을 찾아

임시정부 수립 100주기를 맞아
애국 훈장을 받게 된 포석 조명희
감격과 가슴 벅찬 감회를 안고
조명희의 넋을 찾아
물설고 낯선 땅
러시아 모스크바를 찾은 우리 유가족

오직 조국 사랑과 독립을 위해
투쟁과 헌신해온 역사의 뒤안길에서
이제야 한 많은 인생을 평가해준
모든 것이 기쁘고 감사할 뿐이다

일제 탄압을 피해
러시아로 망명한 조명희 선생의 혼을 찾아
오늘 이곳 이국땅 러시아 한국 대사관에서
애국 훈장을 받는 감격스러운 모습에
우리 유가족은 가슴 벅찬 감회로 숙연해진다

대사관에 걸린
거룩한 옛 독립투사들이 모인 사진 앞

한 분 한 분께
깊이 머리 숙여
감사와 존경을 드리며

일제 앞에 굽히지 않는 불굴의 의지와 조국애
꾸준한 인내와 피나는 노력으로
얻은 찬란히 빛나는 해방을 맞은
그 기쁨과 환희
대한독립 만세를 마음껏 외친 감격의 그 날이여!

찬란히 빛나는 오늘을 잉태한
참으로 자랑스러운 독립유공자시여!
당신들 덕분에 독립된 대한민국에서
편안한 삶을 사는 우리 동포 모두가 마음을 모아
감사와 존경을 드립니다

포석 조명희, 44살의 짧은 생애의 원통함을 달래며
저세상에서 다소나마 위안이 될
독립유공자의 애국 훈장으로
당신의 넋을 위로하려 합니다

나라를 진심으로 사랑했던 포석 조명희
민족 민중의 문학의 선구자로
러시아로 망명하시어 온갖 고난과 번민

고뇌하고 갈등하며 살아온
어둡고 시리고 외로운 투쟁으로 한 생애를 살다
스탈린에게 짓밟혀 억울한 누명으로
총살형을 받은 가엾고 슬픈 한 영혼이여!

비가 내리는 오늘
모스크바에 있는 애도의 벽을 찾아 머리 숙여
당신의 한 맺힌 슬픈 넋을 위로합니다

조명희의 조국 사랑으로 받은 애국 훈장은
우리 가문의 큰 영광을 안겨주어
길이길이 후세에 전해지리니
자랑스럽고 훌륭한 큰 뜻이
오래도록 전해질 것을 기원합니다.

끝나지 않은 인생

수레바퀴처럼 돌고 도는 숱한 날들
오늘은 어제가 되고
내일은 다시 오늘이 되는
수없이 다가선 그날은
그날이 그 날인 듯했지만
세월이 흐르고 인생도 달라졌네

젊은 날의 아름다움도 가버리고
갈수록 초라해져 가는 내 인생이지만
커가는 아이들을 보는 기쁨

마음 안에 작은 사랑과 꿈을 키우며
황홀한 미래를 기다리는
긴 여정은 아직도 끝나지 않은
나의 인생이어라.

산

산이 나를 부른다
거대한 몸짓으로

어머니 가슴처럼 넉넉한 가슴
따사한 품으로 감싸 주며
높고 푸른 하늘처럼 순수한 모습으로
가을 들녘처럼 풍요로움으로

모두를 받아주는 네가 그리워
너에게 간다

온갖 짐승과 새들의 지저귐
향긋한 숲의 내음
나뭇잎에 반짝이는 햇살과 바람
모두가 나를 반겨주는
나의 벗이로다

슬픔도
고통도
외로움도
너에게 위로받는 나
너는 나의 영원한 동반자

바람이 불면
네 거대한 몸짓이 그립고
해가 뜨면
온화한 웃음으로 나를 감싸 안아
나의 마음을 녹여주는
침묵의 언어로 위로하는

네가 그리워
오늘도 너를 찾는다.

단풍

싸늘한 가을바람 찬 서리 맞으며
고운 색동옷으로 옷 단장하고
이 산 저 산 뽐내며 옷 자랑하는 그대여!

맑고 높은 푸른 하늘 향해
두 손 벌려 지나온 삶을 노래하는
가을의 요정이구나

푸르고 싱싱하던 나의 청춘은 어디 갔나?
싱그러운 바람에 나부끼며 뭇사람들의 사랑받으려고
아름다운 청춘이 가버린 아쉬움에
한숨짓지만

오색찬란한 아름다운 빛깔
퇴색된 갈색
그대의 환상적인 다홍색 빛깔에 취하여
저녁놀처럼 타오르던 진홍색 정열에
마음을 빼앗긴다

또 다른 사랑으로
네게 보내는 내 마음
그대 안에 숨겨진 삶의 빛이로구나

머지않아 사라져 갈 그대의 운명 앞에
끝없는 연민으로 밤잠을 설친다

좋은 시절 청춘을 불사르던 그대도
노년을 맞이하는 쓸쓸한 내 모습처럼
머지않아 그대도 나도 떠날 것이다
모두가 한갓 헛된 꿈이라고.

야래향

어둠을 뚫고
살그머니 내 방에 들어온
너는 누구냐?

바람 타고 찾아온 너
이상하게 가슴을 흔들고 울렁이게 한
야릇한 이 향 내음

갑자기 눈앞에 아른대는 너
그건 분명 내가 오래전부터
익히 알고 그리워한 그대의 향기로다

아! 알겠구나, 네가 누구인지를
옛 동지인 그대만이 지닌 독특한 향기로

밤마다
날 유혹하여 취하게 했던
아련한 추억의 향기로다

그대 그리워
다시 찾아내어 키웠더니
이제야 꽃을 피워낸 네 향기에 취해
가슴이 울렁인다

나를 위해 향기를 품어 내 줄
사랑의 향기인 야래향

밤마다 그대를 만나는 기쁨으로
네 애틋한 향기가 그리워
너를 향한 그리움으로
가슴 설레며 너의 향기에 취하여
편안하게 잠들고 싶어라.

빗소리

어둠이 몰고 온 소리에 놀라
잠을 깬다

"거기 누구요?"
불러도 대답 없이
지척거리는 소리뿐

밤새도록 소리쳐 울고 있는
너의 하소연은 끝없이 이어지고
밤잠을 설친 채
끝없는 상념에 젖는다

너의 긴 여운은
한없이 처량하다

무엇이 그리 서러운가?
목 놓아 슬피 우는
너의 하소연 때문에
잠을 이루지 못하는
이 밤

어둠 속을 뚫고 들려오는
슬프고 가냘픈 긴 푸념 소리는
밤새도록 끝나지 않은 채
흐느낌 속에 묻혀 버린다.

앤돌로프캐년

수억만 년의 바닷속 비밀을 고이 간직해온
앤돌로프캐년이여!
굴곡과 선의 경이로움
그 아름다움을 어찌 표현하랴
오랜 세월 동안 쌓고 쌓은 모래성은
곱고 고운 사암이 되고
물길의 흐름 따라 만들어진 아름다운 곡선 따라
깊고 깊은 동굴의 긴 통로는
창조주의 신비로다

동굴 속의 비밀을 침묵하며 간직한 채
이뤄낸 대자연의 조화는
신이 빚은 예술품으로
인간에게 준 선물이로다
빛의 향연의 사진 모두가 아름다운 예술품이구나

좁고 긴 터널의 신비를 고이 간직한 채
오랫동안 침묵하여 잉태한 앤돌로프캐년이여!
빛의 조화로 아름다운 물결무늬로 탄생한 곡선의 동굴
모두가 신비 중의 신비로다.

오늘의 기도

권병휘〈Augustinus〉

권병휘 · 시 모음

아이가 울고 있다

아이는
먹고 싶고 싸고 싶고 자고 싶어서
가고 싶고 놀고 싶고 갖고 싶어
아프다고
울어 댄다
치마꼬리 붙들고
두려워 떨며

궁전 같은 레스토랑에서
화려하게 차려입고 우아하게 만찬을 즐기고픈
몸부림이련가!
무엇 때문에 울어야 하나

주름살 가득한 아이
말 못 하고
울며 장승처럼 서 있다

내 안의 성인 아이는
투정을 부린다

엄마는
엄마는 알고 있을까?

아이야
울고 싶거든 실컷 울어라
그리고 외쳐보아라, 목이 터지도록
산천초목 다 떠나가도 좋다

가슴이 뻥 뚫리도록
네 안 심연의 소리를 토해 내 보렴.

광장을 승화시켜주소서

광화문엔
진실을 밝히라는 촛불이 켜지고
대한문엔
애국충정의 태극기가 걸린다

촛불을 들고
태극기를 흔들며
모여든 수백만 인파

태극기 바람이 촛불 끌세라
촛불 불꽃이 태극기 태울세라
차벽으로 제복을 걸친 사람들로
모세의 기적처럼 갈라놓은
광화문과 시청 앞 광장
민족의 한
또 다른 DMZ이련가

경복궁은 북극이고
덕수궁은 남극이란 말인가?

갈등(葛藤)의 광장에 세계도 서 있구나!

촛불은 칡넝쿨로
태극기는 등나무로
한반도를 우로 좌로 좌우로 휘감아 오르며
좁은 땅덩이 숨통을 조여 온다

봄기운에 동토(凍土)를 비집고
살며시 고개를 내민 가녀린 새싹들
손 모아 기도한다

촛불의 빛과 태극기 물결 속에
세종대왕은 책을 펴들고 앉아서
이순신장군은 긴 칼 잡고 서서
생즉사(生卽死) 사즉생(死卽生)의 일갈에
가슴을 치게 하소서

보신각에서 종소리
울릴 제
등넝쿨 칡넝쿨 얽히고설키어 굳어진 타래
참회로 스르르 풀리고 와르르 무너져
갈등의 광장이 화해와 화합의 광장으로
승화(昇華)시켜 주소서

어둠을 사르며 밝혀진 촛불
한 낮에 힘차게 휘날리는 태극기
어우러져 얼싸안고
덩실덩실 춤 한 마당

승화된 광장
한라에서 백두까지
애국애족 민족정기 초석으로

아! 온 누리에
당당히 밝히는 대한민국 횃불
자랑스럽게 휘날리는 태극기여라.

생동감

대자연은 물을 머금어
회색 옷을 벗고 생기를 돋운다

창밖 산야 내음
코를 벌름거리게 하고
겨울잠 기지개 꿈틀거리는 가녀린 울림에
귀는 쫑긋거린다

봄의 전령
종달새는 하늘 높이 날아올라
생동감 휘저어
새 생명 화려하게 토해낸다.

까마귀

깍 깍
무덤에 날아든다
떼 지어 몰려온다
나뭇등걸에 앉았다
묘비에 앉아 날름거린다

깍 깍
아스라이 사라진다
먼 길 떠나는
영혼 위한 행진곡이려가.

동반자

나는 너
너는 나
우리는 스파링 파트너

우리는 피처와 캐처
사인이 맞지 않아 홈런을 맞아도
한 몸일 때는 퍼펙트게임이다

알콩달콩 티격태격
우리는 동반자.

미쳐가고 있다

나를 따라서 온다
누군가 뒤쫓고 있다
뒤를 돌아봐도
중얼중얼하고
헤헤 웃고
고함치고
그런데 없다

나를 부른다
뒤돌아보니 사람들이 있다
누가 나를 불렀느냐 물어도 대답이 없다
내가 미쳤나 네가 미쳤나
뛰어도 멈추어도
따라오면서 부른다

미쳐가고 있다

길거리, 지하철, 버스에서도
히히덕거리다 화를 낸다
큰소리치다 소곤거린다
손바닥을 들여다보며 엄지손가락이 움직인다
미쳐 가고 있다

환청인가
환시인가
환상인가

사람이 세상이
온통 미쳐가고 있구나!

울어라

울고 싶다
울고 싶을 때 실컷 울어 버려라

울고 나면 눈물이 옹달샘 되고
또 울면 못다 한 것 빗물 되어 실개천에 스며든다

울어라
또 울면 눈물이 소나기 되어 개천을 이룬다

울고 싶어서 대성통곡하였더니
폭풍우 되어 강물이 휩쓸고
동해로 서해로 넘실거린다

흐르고 흐르더니
태평양에서 만나는구나

이것이 하늘의 뜻이라면
울어주는 사람과 속 시원하게 온몸으로 울어라
그리고 고뇌 아픔 고통 슬픔 승화시켜
환희의 눈물 토해내렴.

오늘의 기도

아빠 엄마!

오늘도
언제 어디서나

정직하고 겸손하게
기쁘고 감사하는 마음으로

처음처럼
평생처럼
마지막처럼

희망과 힘
가진 것과 사랑을 나누는
회복의 순례길 되게 해 주소서.

회복의 35계단 오르며

40계단

불혹(不惑)계단향해

성인아이35계단올라

심기일전하며새롭게

회복발걸음내딛는다

입지(立志)계단들어서한숨돌리나했더니

지진이일고천둥번개치며폭풍우휘몰아쳐

그동안쌓은30계단토사와함께휩쓸어천길

나락에떨어져가는데깊게내린뿌리에걸려

대롱대롱매달려있는데회오리바람일더니

등걸뿐인느티나무35계단에들어다놓는다

성인아이광야메마른황무지에서불치병걸려마흔여덟해동안헤맸는데

창조주께서천사보내손붙잡아일으켜걸음마를가르쳐서회복첫계단에

끌어올려생기불어넣어지혜롭고씩씩히걷고달리며건장한청소년으로

성장시켜황무지잡석과썩은것골라내고잡초는뽑아내고물길도만들며

옥토로개간해씨앗뿌리고느티나무도심고가꾸어그나무가무성히자라

새들이모여들고둥지를트는데잡새들이끼여들어왜곡오염시긴여파로.

줄타기

줄

탯줄

숨줄젖줄

핏줄힘줄목줄

실줄밧줄쇠줄연줄

외줄첫줄끝줄앞줄뒷줄

정신줄소심줄새끼줄동아줄

거미줄썩은줄삭은줄철사줄고무줄

신경줄목숨줄인생줄빨랫줄포승줄오랏줄

낚싯줄고래심줄개줄튼튼한줄허름한줄탄탄한줄

잡아야할줄버려야할줄간직해야할줄놓아버려야할줄

줄서기코로나19백신접종줄선별검사줄격리자줄확진자줄

외줄타기줄넘기줄치기줄다리기

줄따라가기줄매기밧줄로몸묶기

줄꾼은우주만상을품으려고모든피조물들을날줄과씨줄로엮어가며줄타기한다.

매화

엄동설한
꼭꼭 감싸 안고 몸부림치던
젖가슴

춘설에 풀어헤치고
포동포동한 젖꼭지 살포시 내밀며
겨울잠 깨운다.

감정이란 놈

그놈이
참인지 거짓인지
천지 분간 못하고
격랑을 일으킨다

그놈은
때론 천국으로 때론 지옥으로
제 맘대로 이리저리 헤집어 놓아
갈피를 못 잡게 만든다

그놈은
멀찍이 서서 구경하며
헤어 나오지 못하도록 꼭 붙들고 노닐며
언제 폭발할지 모르는 활화산

그놈에게
살금살금 다가가
살며시 껴안아서
토닥토닥 토닥여 본다.

강아지 주려고요

밥 매운탕 갈비
복 껍데기, 닭 다리, 부스러기, 소주
배 불리 먹고 취하게 마시고 남는 것
싸달란다

강아지 주려고요?

아니다
엄마 강아지
한 끼 때우려 그런다.

여정

존엄한 인생은
어차피 혼자인 것을
외롭다 한들
그 틀에서 벗어날 수 있으랴

고독한 인생길
걷고 또 걸어가도
막막하기만 한데
발자국에 맴돌고 있다

뚜벅뚜벅 걸어서
영원으로 가는 길도
돌고 돌아
발부리에 서성인다.

그곳을 향해

빨려들어 가고 싶다
저 파란 곳으로

너무 파래 오들오들 떨려
뭉게구름 끌어다 덮고 싶다

더 추워지거든
해님을 향해
두 팔 벌리자.

거울 앞에서

권병휘〈Augustinus〉

거울 앞에서

훌훌 벗어 던진다
작품이 비친다

김이 서린다
뿌옇다
보이지 않는다
서서히 벗겨진다

또 다른 작품이
미소 짓는다

감사의 숨을 몰아쉰다.

분다

불고 또 불어
동장군에 실려
잠든 영혼 흔드는
갓난아기 숨결
연두색 꽃바람 분다

불고 또 분다
푸름에 매달려
주렁주렁 흔드는
태풍이 몰아친다

분다
낙엽 바람이 분다
산야의 오곡백과
두꺼운 이불로 덮어 준다

하얀 바람에 추울까 봐.

퍼즐게임

퍼즐게임에 몰입해 있다
어제도
오늘도
맞아 가면 환성이
틀어지면 탄식이
갈등의 소용돌이에 휘말린다

헤어 나오지 못하는 남녀노소
무기력해져 간다
퍼즐은 세상 기운을 앗아간다

영혼까지 병들게 하는 퍼즐
지혜롭게 풀어나갈 때는
환희의 찬가가 백두대간에 울려 퍼져
하느님도 찬사를 보내리라.

들녘

저 광활한 벌에는
황금물결 일렁인다

희로애락
땀에 전 세속 품고서

우주를 보듬어 안고 있는
당신

가슴을 헤집고 든다.

친구야 한판 놀아보자

친구야
언제나 앞서더니
이 세상 모든 번뇌 다 벗어버리고
이제는 저 머나먼 길까지도 앞서가고 있구나

우리 함께 걸을 때
길을 닦아주며 양보해 주었지
장이야 멍이야 하든 그 시절
후후 불며 숯불 피워 밥해 먹고 한방에서 뒹굴던 너
대학의 전공까지 양보해 준 친구야
백석산에서 군복 차림으로 피를 토하며 떠나더니
오늘도 이렇게 또 먼저 갔구나

5·16 나던 날 밤
논산 훈련소 연병장에서도 완전무장하고 함께 했었지
깜깜한 밤 연병장에서 철퍼덕 총을 떨어뜨려
침대 머플러로 수십 대 얻어맞아 터진 엉덩이를
호호 불어주던 너
6·3 사태에도 앞장서던 친구야

가라
영혼은 연기되어 하늘로
육신은 한 줌 재로 잉태되어

그렇게 그리든 임의 품에 안기려
황소걸음으로 먼저 아성(牙城)으로 향한 친구야
담호(淡湖)도 황새걸음이든 뱁새 걸음이든 따라갈 게

그곳에서 만나
아성과 담호가 어우러져 어깨동무하고
얼수 춤추며 한판 놀아 보자꾸나.

계란으로 바위를 친 길

계란이 바위를 쳤다 우리는 모두 계란이었다
계란은 생명이고 정의이며 빛이고 사랑이었다
바위는 탐욕이고 어둠이며 죽음이고 맘몬이었다
다윗과 골리앗의 싸움이었다

계란 한 알은 미미하고 약했지만 계란 하나하나가 모여
저 거대하고 철옹성인 백년 묵은 이무기가 된 마사회 25층 괴물에
던져 부딪혀 깨질 때마다 새로운 생명을 탄생시켰다
한국 도박문화에 새로운 역사를 쓰고 있었다
그리고 새 길을 열었다

이 길은 계란이 바위를 쳐서 승리한 길
정의가 승리하여 살아 숨 쉬는 길
어둠이 빛을 이길 수 없는 길
계란으로 바위를 치며 1인 피켓시위로 1,705일 지켜온 길
깨진 계란 껍질 천막에 모으며 천막노숙농성 1,440일 동안
혹한과 눈보라, 더위와 태풍 극복한 길
회유 유혹 폭력 협박 이간질 비난 조소를 흘려보낸 길

도박 추방의 매카 순례길 되었네.

맡겨주신 25분

25분을 주셨습니다
이 세상에서
처음이지만 마지막일 수도 있는
시간을

처음 3분은 나에게 다음 6분은 이웃에게
그다음 12분은 창조주께
그리고 마지막 4분은 침묵으로

평생 회복 여정
시공에 씨줄 날줄 수놓아
흩뿌리라고
거저 맡겨주신
은총이었네.

구름 여행

와, 신난다
구름이다

구름 앞에도 그 옆에도 뒤에도 구름
아래도 그 위에도 또 구름이다
온통 구름 천지다

구름을 타고 내 달리니
금강산 일만이천 봉 뺨치게
더 웅장하고 정교한 구름산이 마주 오다가
어느새
종유석보다 섬세하게 치솟은 구름 기둥들로
심곡(深谷)을 이룬다

새하얀 솜털 구름 일더니
순식간에 먹구름 몰려와
천둥과 번개를 치며
우박 소나기 장대비 퍼붓는다

언제 그랬느냐는 듯
아래에는 파란 바다와 푸르른 초목
위로는 구름 한 점 없는 맑은 하늘

변화무쌍한 여행
지금 무엇을 타고 어디로 가고 있나
청명한 하늘에서 둥실둥실 떠가고 있다

구름 하늘에 싣고 여행은 계속된다.

고독을 씹으니

혼자라고
외롭고 우울해져
고독을 씹는다

잘근잘근 씹으니
숲속 바위틈 옹달샘에서
퐁 퐁 퐁
하얀 맑은 생명수 솟아
메말라가는 심장을 적신다

빛살 섬광에 깨진 벽 사이로
고개 들어 내밀고 두리번두리번
방긋거리는 연초록 새싹 천사들
날아와
토닥토닥 등을 토닥인다

아, 혼자가 아니었구나!

떠 있다

하늘이 떠 있다
구름이 하늘을 덮는다
산이 하늘 구름 비집고 뜬다
한 봉우리가 아흔아홉 봉 낳아
앞산 뒷산 어우러져 첩첩이 다가오다
스르르 사라지며
구름만 떠돈다

산에 강이 뜬다
산은 출렁이며
이지러지기도 뒤틀려지기도 하면서
강과 노닌다

떠 있는
산 강 구름 몰려와
빈 가슴 채운다

하늘은
가슴을 감싸 안아
떠 올린다.

꿈

꿈이 떠오른다

내 꿈
네 꿈

봄 구름에 실려
하늘을 난다.

보름달

초저녁 동녘 저편
도심 빌딩 숲속
가로등 네온사인, 차량 불빛
뒤죽박죽 분간할 수 없는 혼란 속
그 사이를 비집고
보름달이 떠오른다

캄캄한 혼돈의 세상 속으로
빛이 내려온다.

엄마 아빠와 함께
두 손 모은 아이에게 둥글게 비춘다

새벽녘 서편 하늘에서는
새근새근 잠든 아가에게
둥근 꿈으로 내려앉는다.

잊은 것들

소중한 날을 까맣게 잊어버렸다
살려준 그 날이 지금 오늘인데

보고 싶은 그 사람
눈에 아른거리고 그리운데
잊혀간다

뒤돌아보지만
살아온 발자국은 보이지 않는다

잊은 것들이
낮에는 뭉게구름 속 해님으로
밤하늘에는 달님 별님 되어
영혼을 깨운다.

쥐어짜다

헝클어진 머리카락 움켜잡고
짜고 또 쥐어짜도
한 올도 잡히지 않고
밤새워 쥐어짜도
한 방울도 나오지 않는다

돌이 되었나

밤새 해골에 맺힌 영롱한 이슬
아침 햇살에
데구루루 구르며 이마를 적신다
새싹이 돋아 오른다.

알고도

몰라서 못 하는 것은
어쩔 수 없는
지학(志學)이라

알고도 안 하는 자는 바보요
알고도 못 하는 자는 멍텅구리요
알고도 미루는 자는 꼴통이요
알고도 모른 체하는 자는 광대라

알고서 행하는 자는 성인(成人)이요
아는 것을 나누는 자가 불혹(不惑)이라 하면

나는?

6

눈 십자가 길 오르며

권병휘〈Augustinus〉

권병휘 · 시 모음

낙엽의 신천지

오솔길을 걷는다
잡초가 무성한 진흙탕 길
낙엽이 널브러진 그 길을
오늘도 걷고 또 걷는다

나뭇잎 파르르 머리에 앉는다
꽝 하고 해머 되어
번쩍 온몸을 내려친다

나뭇잎 우수수 쏟아져 한 가슴 가득 덮는다
꿍 꿍꽝 꽈르르 천둥이 스친다
바윗돌을 포근히 녹인다

겨울잠 자려는 낙엽
뚜벅뚜벅 걸어간다

낙엽이 되어 대지를 온통 뒤덮는 산고(産苦)
또 다른 생명을 잉태하고 있는
낙엽들.

게으름의 속삭임

게으름이 미룸에 속삭인다
오늘 지금 이 순간
할 일 많지, 힘들지, 몸이 무겁지?
드라마도 보고 내일 해

그것이 어둠인가 보다
왜? 어둠에서 벗어나지 못할까
어둠은 악의 소굴인가!

게으름의 부추김에 미루며 살아오다
얼굴엔 주름살투성이 또 게으름 피운다
게으름은 죄인가

매일 죄짓고 있으니
고해성사는 그때뿐
게으름은 반성만으로 되지 않나보다

그 속삭임에 속은 것이 죄인가요?
속삭임이 죄인가요?
누구의 탓일까?

눈 십자가 길 오르며

벌거벗겨져 떨고 있는 나뭇가지에
하얀 천사 살포시 내려앉아 눈꽃으로 안아준다

해님께서
구름 사이로 살며시 들여다보는 빛줄기에
화들짝 놀란 하얀 꽃잎
파르르 오그라들어
눈 보석 영롱히 반짝인다

아, 창조의 신비!

그 순간
가냘픈 바람의 시샘으로
영롱한 눈 열매는
허허로이 눈 덮인 산야에 우수수 떨어져
눈 발자국만을 남기고 묻혀버린다

누구를 위하여,
무엇 때문에,
무엇 하러,
왜, 어디로 떠났을까?

고뇌의 등짐을 잔뜩 지고
눈(雪)의 숨결을 들이쉬고 내쉬면서 그 발자국 따라
새하얀 십자가의 길을
헉헉거리는 발자국 남기면서 오르고 있다.

잉태

사슴과 양 떼가 뛰놀던 산야
비둘기 날고 송아지 풀 뜯는 토끼 동산에
늑대들이 몰려든다

태풍 휘몰아 천둥·번개 쳐
두 쪽으로 쪼개버렸다

갈라진 계곡에 물안개 일더니
용천수 솟아올라
아우러져 흐르기 시작한다

토끼는 새하얀 솜털 날리며
새 생명을 잉태해 가고 있다.

등짐 지러 떠나는 여정

천사의 탈을 쓴 악마
양의 탈을 쓴 늑대들
사시사철 산지사방에 시도 때도 없이
시공을 넘나들며
아바타 되어
영혼의 에이즈 도박 바이러스를 흩뿌린다

돌아온 탕자는 바랑을 메고
독초는 뽑고 약초를 심으며 보화를 캐러 집을 나선다
잡초 우거진 산천 찾아서
어제도 오늘도
걸어서 승용차로 지하철로 버스로 기차로 비행기로
세상을 누빈다

캐낸 보화
구부정한 등에 한 짐 넘치게 졌는데도
상쾌하게 날을 듯 가뿐히 걸어간다

백발 날리며
그는 등짐을 지러
오늘도 또 회복 여정 떠난다.

바닷가에 서서

바닷가에 서서

휘몰아쳐 오는 태풍
벌거벗은 온몸으로 맞아 보자

거대한 산으로 달려드는 파도
요동치는 가슴으로 안아 보자

반짝이며 찰랑찰랑 다가오는 잔잔한 물결
메말라가는 영혼에 담아보자

휩쓸고 간 모래 벌엔
조개껍질 밀려와
조잘댄다

네가 그립다고.

바쁘다 바빠

세상에 누구에게나
공평하게 똑같이 주어진 시간인데
바쁘다 바빠
나인가 너인가 스마트폰인가 세상인가

하루 24시간
25시 26시 27시… 시로 늘리기 위해
23시 22시 21시… 시로 줄어드는 시간 잡으려

1년 365일을
하루하루를 늘리려 함인가
하루하루가 사라지기 때문인가
바쁘다 바빠

생의 처음이자
평생이며 마지막인 날
오늘은 여유롭게
나와 함께 노닐어 본다.

임이여

보고 싶고 안아 보고픈 그리운 임이여
불러도 대답이 없고
찾아도 보이지 않으니
벙어리 귀머거리 장님 되어서일까

잊으려 해도 맴돌며 아른거리는 임이여
언제 오시렵니까
어떻게 어디로 언제 찾아가야 하나요

파란 하늘 하얀 뭉게구름에 머물다
얼어붙어 가는 가슴 녹이려 따사로운 햇살로 오시려나
비몽사몽간에 눈시울 적신 이슬 닦아주려 오시려나
이마에 맺힌 땀방울 식히려 산들바람 타고 오시려나

사랑하는 우리 임
애간장 다 녹은 후에 오시려나 보다.

침묵

침묵은
경청하고 인내하면

속가슴에서 동화되어

나와 너
세상과 공명한다.

마음

파란 하늘에서
해가 떠오르고 지면서
빛을 쏟아낸다

칠흑 같은 하늘에는
별들이 반짝반짝 수놓고
초승달 보름달 그믐달
환하게 떠 간다

맑은 하늘에는
한 점 하얀 구름 솟아올라 운무로 출렁이더니
해 별 달 하늘까지 온통 삼켰다 토해냈다 하면서
천태만상 변화무쌍하게 흐른다

하늘은
그들 너머 제 자리에서
구름 달 별 해를 보듬어 안고
날 불러
마음을 담는다.

말 물 마시게 하다

애지중지하는 말
육식 지나치게 즐겨
물 마셔야만 살 수 있는
불치병에 걸렸다

마부는 말에 물 먹이려
강으로 끌고 가도 머리 흔들며
입을 벌리지 않는다

사육사는 짜게 먹이면 물 쓸 것이란 고정관념에
말이 좋아하는 고기를 듬뿍 넣은 아주 짠 여물을 먹였지만
강물에는 아랑곳하지 않는다

기수는 배수진으로
애마의 등에 짐을 듬뿍 지우고 올라타
강변을 전력 질주하며 기진맥진할 때까지 내달렸다

말과 기수는 숨을 헐떡이며 땀범벅으로 일체가 된다
강물에 뛰어든다
물을 실컷 마시고 숨을 몰아쉰다.

숨통

황사 미세 먼지
지구의 숨통 조여 오지만
가녀린 냉이는 동토를 비집고 고개 내밀고
초록빛 새싹 딱딱한 나무껍질을 벗긴다

코로나19 마스크 숨통
인류 문명과 세상 질서 복원시키려
잿빛 하늘에
파란 숨구멍 터져 나오게 한다.

함께 힘 모으자

너와 나 우리
줄탁동시(啐啄同時)

세상아!

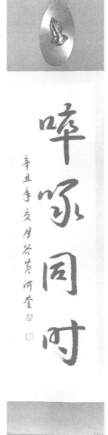

기다림

60년 지기들 카톡으로 불렀다
4호선 선바위역 3번 출구에서
어린이날 어린이처럼 만나자고

누가 오려나
몇이나 올까
얼마나 더 기다려야 하나

목을 빼고
오랜만에 길가 의자에 앉아
세상 구경 나선다

오가는 차량
오가는 사람들
모두가
기다림을 향해 가는구나

삶은 기다림인가 보다.

수도승

희망이 보이지 않는
첩첩 산보다 더 높게 쌓은 성안에서
오직 파란 하늘에만 의지하고
쳐다보는 자유로움을
긴 세월로 지탱하고 있다

매일
낮에는 변화무쌍한 운무(雲舞)와 태양
해 질 녘에는 그믐달과 황혼
암흑에는 창살 사이로 반짝반짝 손짓하는 별들
새벽에는 새들의 지저귐으로 여명을 여는 초승달
벗이 된 이들과 인사하며 대화한다

봉쇄수도원의 수도승처럼
고뇌하며 서성이는 임

코로나19로 인기척마저 뚝 끊겨버린
구중궁궐에서
하늘과 동무하며
꿈을 키워간다.

우리 성님

성님 성님 우리 성님
요양원 신세진 팔순 넘은 성수 간병에다
씩씩하고 알뜰한 딸네집살이에
힘들어 어쩌지라우

새벽바람 맞으며
설 차례 지내려 가는 지하철 길
플랫폼에 마스크도 없이 서서
기다림서
고뿔들면 어쩌지라우

신종 코로나 바이러스야 물렀거라
조상님들께서 지켜주는
천하장사 우리 성님 가신께

성님 년이 뭐시라 씨부리고 놈이 무시해도
그냥 그 자리에 태산처럼
서 기셔만 주셔요잉.

집들이

권 오 성

방배동에 집터 잡아놓고
천주님의 내락 받았겠다

본시 천지간에
누구네 집도 없었거늘
힘들여 집 한 채 지어놓고
주님 섬기며 살겠노라
언약 굳게 하였거늘

오늘은
혈육들 다 모여
집들이를 하는구나

늘 푸른 하늘이
차일로 들어앉아
크게 뜻을 펼치리라.

辛巳 陰 九월 二十六日
工學博士 從弟 深谷 權炳徽네 집들이 날에

날줄과 씨줄 엮으며

초판인쇄 2021년 7월 20일 초판발행 2021년 7월 25일

지은이   권병휘 · 조혜자
펴낸이   장현경 펴낸곳   엘리트출판사
등록일   2013년 2월 22일 제2013-10호

서울특별시 광진구 긴고랑로15길 11 (중곡동)
전화 010-5338-7925
E-mail : wedgus@hanmail.net

정가 11,000원

ISBN 979-11-87573-30-2 03810